KB043181

그리고 나마스떼

박미경

이화여대 영문학과 졸업.
십년, 시에 몰두하다
십년, 시를 떠나
동·서양 종교의 영성 세계에 관심을 가졌다.
2017년 2월 초 히말라야를 다녀와 나마스떼를 비롯한 몇 편의 시를 썼다.

그리고 나마스떼

초판 1쇄 발행 2017년 5월 25일
초판 2쇄 발행 2017년 7월 7일

지은이 박미경

펴낸이 김선기
펴낸곳 (주)푸른길
출판등록 1996년 4월 12일 제16-1292호
주소 (08377) 서울시 구로구 디지털로 33길 48 대륭포스트타워 7차 1008호
전화 02-523-2907, 6942-9570~2
팩스 02-523-2951
이메일 purungilbook@naver.com
홈페이지 www.purungil.co.kr

ISBN 978-89-6291-411-5 03810

© 박미경, 2017

• 이 도서의 국립중앙도서관 출판예정도서목록(CIP)은 서지정보유통지원시스템 홈페이지(http://seoji.nl.go.kr)와 국가자료공동목록시스템(http://www.nl.go.kr/kolisnet)에서 이용하실 수 있습니다.(CIP제어번호: CIP2017011149)

그리고
나마스떼

박미경

시인의 말

세상사, 기쁘고 즐겁고 슬프고 화나는 그것들은 내 밖에 있는 줄 알았다.

하지만 히말라야의 힘겨운 나귀에서 가시 돋친 야생풀에 이르기까지 그 모든 것들은 내 안에 있는 것이라는 걸 문득 깨달았다.

깨달음을 주는 세상의 살아 숨 쉬는 생명들과 에너지는 현재의 나를 낳은 어머니들이다. 내가 힘겨운 셰르파와 나귀, 까마귀, 시시누를 향해 나마스떼를 연호할 때, 나는 나를 낳으신 어머니께 인사를 드리고 있는 것이다.

가족들, 누구보다 오랜 세월 나를 묵묵히 견뎌 준 나의 배필에게 감사드린다.

'시인은 독자가 인정해야 시인'이라는 나태주 시인의 특강을 듣고 133명이 있는 동창 카톡방에 시를 올리기 시작했다. 친구들이 시인이라고 불러 주기 시작했다. 이 시집은 그들에게서 나온 것이다.

눈 밝은 김연진 교수와 원고를 정리해 준 영민한 강민정, 삽화를 기꺼이 그려 준 친구 김수옥 화가에게 감사드린다.

오랜 세월을 함께한 나의 가족들, 특히 날카로운 비평객 딸 현선, 친정과 시댁 식구 모두에게 깊이 고개 숙여 인사드린다.

돌아가신 친정아버님, 시어머님께 큰절을 올린다.

나마스떼!

차례

1부

⋮

오빠 내게

수몰의 풍경

정오의 그림자를 밟으며
돌아오고 있었다
노란 붓꽃 향기가 나는 듯한
수몰의 기울어진 풍경 속으로
하늘은
날것들의 어떤 기미도 없고
색 바랜 올리브빛 호수의 문은
굳게 닫혀 있었다
물에 잠긴 수목의 밑동
무수한 실낱 같은 촉수들은
삶을 타진하는
지친 신호음
수면 어딘가 응시하는
무서운 눈 하나
호수는
초현실 화가의 이상한 시간 속으로
침몰하고 있었다.

오빠 내게

좀 나긋나긋해지라 하셨나요
오빠 두려워요
그때 내 몫으로 탄 버스비로 둘이서
절반 길 타고 내려
어린 남매가 시골길 타박타박 걸을 때
걸어온 길이 남은 길을 자꾸자꾸 늘여 놔
단단한 자갈길
툭툭 차여 헛발질
두려움의 식은땀이 한낮
컴컴한 땡볕 고랑
소르르 소르르 타고 흐르던 그때
한 사십 년 후에 그 일을
사과하더니 이젠 언제
사과하실 거예요?
하기야
비를 몰고 오는 비릿한 흙내음의 징조 같은
여름 들판 폭우 암전
그때를 위해

내 가슴을 단단히 여며 주시는 거겠지만

그것이 얼마나 더럽고 뻔뻔하고 치사한 말인지

나도 잘 몰라요

에미의 에미들이 이고 져 나르며

먹어 대기도 하고 먹어 보라고 던져 주는

그 어둠이 얼마나 깊은지

그 밑을 더듬어 보고 싶지도 않아요

나중 오빠가 사과하신들

자꾸만 허방 딛게 되는 어둠 속

넌지시 날 들여다보는 눈과

무슨 상관이 있겠어요?

갑충

기어 다닌다
따스하게 젖은 기억의 더듬이를 세워 봐
움츠러든다
희미한 바람은 위험해
막 갑옷에서 빠져나온 여자가 외친다
차가운 너희에게서 끊임없이 쟁취할 거야
푹 꺼진 그녀의 눈
눈썹 문신이 중무장하고 있다
허리를 쭉 편 채 늘씬한 몸매를
자랑하듯 걸어 봐
호피 무늬 앙큼한 고양이
희미한 옛 추억의 바람이 부네
껍질 속은 안전해
경멸 앞에서 늙고 단단해진다
무장 완료
기어 다닌다
움츠러든다
잊혀진 여인이 낡은 서커스 극장에서

눈물 흘린다.

아마릴리스

60년대 남진과 라훈아를 모르는 사람은 간첩이었어
남진은 날렸어 날렸어
희미한 그의 노래가 라디오를 새어 나올라치면
자던 귀도 번쩍 뜨였지
명성을 야금거리며 즐기기라도 하듯
그가 파월됐을 때
짜가로라도 그의 노래를 듣고 싶어 했지
그때 알아야 했었어
잘린 다리도 괘념치 않는다는 불가사리가
제 놀던 땅을 어떻게 훔쳐 먹었는지 그리하여
염치도 불안도 회한도 없는 그 생명이
무엇을 토해 냈는지 10년도 20년도 30년도
훨씬 넘어 그때 그 짜가가
'잡초'를 부르며 나타났을 때
남진도 라훈아도 없고
피 먹은 잡초 같은 아마릴리스가
그 굵은 꽃대궁이를 자랑하며 불쑥
땅에서 솟아나 있었어 정말이지

남진은 흔적도 없었어.

.

벽

A가 E는 어떤 사람이냐고 물었을 때 나는
여기저기 묻지 말고 자신의 판단을
따르라고 화를 냈다 당나귀를 메고 가는
어느 부자의 우화가 떠올랐다 K가 내게
당신을 나쁘게 말한 적이 결코 없었노라고 J가
가운데서 모두 꾸며 낸 거짓말이라고 했을 때 나는
그 희고도 우아한 K의 얼굴 아래 늘어진
서너 가닥의 목주름을 기이하게 바라보았다

바벨탑 얘기가 생각났다
한 가지 사건에 대한
이토록 창의적인 생각들을 또한
실타래를 얽히게 했을 최초의 어긋남을
그 적의를 생각했다
어쩌면 최초의 적의마저도 없었을지 모르고
그것이 있다고 생각하는 내가
돈키호테적인 건지도 모르고 내가
'자식들을 위해 아량을 베푸시죠' 했을 때

내 시야는 갑자기 캄캄해졌다

이 세상에는 염탐하고 다니는 역할과

화를 내는 역할과

무언가를 도모하는 역할만 있는 건지도 모른다

나의 벽은 진실에 대한 나의 낭만일 수도 있으며

그것은 최초의 사원에서 울리는

잿빛 복음이었을지도 모른다.

까만 밍크1 - 혐의

그놈은 어둡고 음울한 눈을 빛내며
시도 때도 없이 희생자를 찾아다닌다
경멸은 그놈의 무기
어두운 숲속에 숨어
희끄무레한 달빛이 상대를 질식시킬 때까지
끈질기게 노려보고 있다
포식으로 기름기 자르르한 까만 털
풍성한 그놈의 털은 바람결에 사르륵 휩쓸리는
잘 익은 밀밭이다
조명이 좋은 백화점 진열대 그놈은
풍성하고 찰랑한 꼬리로
온갖 교설을 늘어놓는다
도시는 음모의 안개에 휩싸여
주머니 무게를 가늠하는 점원처럼
서로를 고발한다.

까만 밍크2 - 무혐의

아직 냉기가 가득한
겨울 끝자락
옥상 난간을 겨우 붙들고 있던
힘없는 햇빛에
에미는 갇혔네
까맣고 기름기 어린 풍요로운
털의 기억에
그 애의 텅 빈 손에
그 애가 태운 무수한 담배꽁초에
어린아이의 달콤한 살냄새에
에미를 알아보곤 까르락거리던
갓난아기에.

-아파트 옥상에서 딸아이가 추락한
얼마 후, 길고 찰랑거리는 밍크를
입고 외출하는 에미를 보았다.
이제 20년 후,
나는 그녀에게서 혐의를 거둔다.

그녀

등을 보이고 밥 먹고 앉았네
밀려드는 눈길 아랑곳없이
학생식당 한 켠에서
옆자리 눈 한 번 안 주고 꼭 다문 입 겨우 벌려
밥 먹고 있네
구내 미용실 며칠 전 파마하느라
한 식경은 머리카락 만지작거리며
두 식경은 뭘 찾느라 꾸물거리던 솜씨
마냥 주저앉아 울고 싶었는지 몰라
그때도 그녀
입술 가장자리 패도록 입을 꼭 다물고 있었네
텔레비전 아침 프로 서산인가 젓갈시장
아줌마들 걸쭉한 입담 질펀하길래
젓갈 좋아하냐 물었더니
들릴락 말락 슴슴하게 먹는다고
그 말 나눴을까 싶게 열중하던 그녀
머리칼 한 올 삐지잖게 꼭꼭 힘줘 가며 말고 있었어
단정한 머리 작고 하얀 손

성채처럼 오도마니 앉아

안간힘을 다해

밥 먹고 있네.

김수영 풍으로 배설하기

_이라크 파병 가可, 불가不可의 와중에서

우리에겐 입장이 있다
춘원에게도
미당에게도
지성이 원하는 건 조화
파국으로 가지 않는 타협 그런데
타협이 문제다 그건 정말 어려운 거니까
개미를 밟는다 해서 개미가 꼭 죽지는 않지
운 좋은 놈은 신발 바닥 파인 홈에 들어가 있으니까
콩의 빈틈을 채우는 좁쌀처럼
어디든지 비집고 들어가 살아남으면 된다
외계인을 쳐부수러 수천 번 발진하는
폭격기 편대는
새 떼처럼 영화 배경화면으로 처리하면 된다
미사일을 수천 발 날려도
다음 날이면 살아 나오는
목숨의 기적이여
어린 아들이여.

두려워라

나의 감수성은 반감기처럼 닳아 가겠지?

새 떼는 하늘을 까맣게 덮고

바알간 강물 위로 축제의 기억이 풀리고 있다

두려워하는 지성이여

두려워하는 감수성이여

두려워하는 상상력이여

조화를 모색하는 입장이여

아니

무지한 지성이여

무지한 감수성이여

아니 아니

야만스런 굴절이여

누구에게나 입장은 있는 것이다.

검은 눈물

_메소포타미아 문명국, 이라크가 공습을
받던 날. 수도 바그다드가 불타는 걸 시청했다.
"고대 문물이 사라지고 있구나!"

나는 찢어지는 가슴 부여잡고
머리 주억거리며 우는
검은 시궁창의 하느님이라
어미 잃고 울부짖는 어린 핫산
자식 잃고 돌벽에 머리 짓찧는 마르얌
뒹굴어라 잿더미를
차라리 태어나지 않았으면 좋았을 것을
티그리스여
티그리스여 오늘
눈물 한가운데를 흘러가는 티그리스여
열사의 사막 지나 야자 잎 술렁대고
강물에 와 파르르 떠는 바람
가축들 우는 소리 큰 소리로
흥정하는 상인 눈살 찌푸리게 하는
시끄러운 아이들.

아이 찾는 여인들 외침으로

해 넘어갈 즈음

하루도 조용할 날 없이 수런거리던

티그리스여

물 위 불빛은 축제 전 그것처럼

가슴 설레게 하던 그것처럼 휘영한데

어디선가 갈대숲 헤치며

새끼 찾는 어미 소리 들릴까

숨죽이는 어린 자식

구정물 흐르는 뺨 쉰 목소리

목이 메어 울지도 못하는 나는

무력한 하느님이라.

2부

:

목련

봄날

내 알았어
알았으니 그대여
꽃처럼 피어나라
피어나 스러진 저 갈빛
몸 놓아 망연한 갈대
무성한 푸른 새싹이거나, 그
깊숙한 곳 조잘거리는
새 떼거나 했으면
어제 잠시 맡았던 숨 가쁜
아카시아 향기거나 했으면.

을왕리 소묘

을왕리에 갔다
아름다운 낙조 보러
장한 바다 가득 피워 내리라는 붉은 꽃불을
흐릿한 창가에서 한 시간이고 두 시간이고
눈이 빠져라 기다리고 있었다
조개를 구우며
요 간존지름한 것이 뻘밭의 살맛이지 싶다가
아차 싶어 창을 열었을 때
정말이지 수묵의 바다
큰 굿을 준비하는 제관의 그것처럼
뜻 모를 숙연함을
쌀랑쌀랑 전해 오는 것이었어

벌써 어두워진 하늘
멀리 푸른 별 하나 반짝이는 듯 마는 듯
유흥지 바닷가의 물 위엔
모텔, 식당의 붉고 푸르스름한 네온이
한 아름 피어나 흔들거리고 있었어

그리운 방의 낡고 먼지 낀 조화처럼

아름다운 빛은 없고 남루한 헌신만 있다

그리 말하는 것 같았어.

봄밤

지난밤
물오른 나뭇가지에 걸려
예감은 별처럼 떨고 있었지
밤은 따스하고 어디에선가
매화가 벙그러지는 기색이었지만
불빛이 하나둘 떠오르는 도시 저편
스멀거리는 회의의 안개 사이로
사라져 가고 있는 건
그새 총총한 네 뒷모습이었지
밤사이 산이마에
하얗게 내려앉은 꿈의 새 떼
정결하고 차가운 의지의 면류관 위로
허무는 수상한 그림자를
드리우고 있었어.

꽃만 질 테지

빈산 어둠에 묻혀
꽃만 질 테지
무정한 젊은 그대의 노래
낭랑히 울려 퍼지다
몸 풀어 몸 풀어
꽃잎만 그렇게 날릴 테지
비로소 찰랑거리며 다가드는
푸른 조수 위로
미열을 앓던
그대 봄날의 기억일랑
재를 사르고
빈산 어두움 저편으로
긴 아리아를 끌며
꽃만 질 테지
어둠에 묻혀
꽃만 질 테지.

사월

그에게서 엽서가 왔다
한 우주에서
또 다른 우주로 날아든 소식
인주를 만졌을까?
한쪽 끝
붉은 지문이 희미하다.

목련

봄내 뜰 안에서는
저벅거리는 그의 발소리가 들린다
내 소식을 물었다던 그가
보리수 아래로부터 돌아오던 날
뜰 안은 술렁대고 있었다
오랜만에 돌아온 그의 적요한 이마를
먼발치서 흘낏 본 순간
나는 그토록 오랫동안
그를 잊지 않고 있었다는 걸 알았다
긴 밤
불빛이 그의 방에서 흘러나오고
나는 그의 귀향에 잠을 설친다.

기미

그럴 줄 알았지
바람 살랑거리는
부겐베리아 만발한 땅에도
너는 없더라
흰 구름 몇 점 떠 있는
하늘은 그저 섬섬히
푸르기만 하더라
나무 밑
어른거리는 그림자에 슬며시
놀란 일 빼놓고는
겨울 빈 들판
잔설 위에 잠시 머무는 바람
채 들여다보이지도 않는 그것
후회하는 마음인 것도 같더라마는.

가을 편지

흰 새는 너울거리며 연신 떨어져 내리고 있었지
깊고 푸른 극지의 바다로
하얀 섬광을 시리게 바라보다
문득 잊혀진 그대의 편지를 열어 보네
둔덕바지에는 뒤늦게 핀 망초와 급히 스러진 풀
시든 호박 넝쿨이 널려 있었고
그대 뒤늦은 소식을 전해 들은
여름 끝자락 숲속에서는
가느다란 한숨 소리 터져 나오기 시작했지
지열로 뜨거웠던 여름날
끝내 소통할 길 없던 혼선
들릴 듯 끊기는 부호들을
이 마지막 바닷가에서 맞춰 보네.

탁자 위에

탁자 위에 하루분의 먼지가 끼었다
영화를 보았다
단풍이 깊다
비극 속으로 서서히 빠져드는 빨간 루즈와
시든 열매의 단맛 같은 여자의 주름
여기저기서 흐느끼는 소리가 들린다
옆에 앉은 짝에게서도

마구 흐려진다
더께 앉은 물 밑의 고요
가장 끝에 버려진 절망의 여자
하지만 짝의 얼굴은 더 흐리다
"50년대 작품 같은데
그때 얘기만은 아냐."
지하 주차장의 차를 찾으며
나는 못 들은 척
딴전을 피웠다
"여긴가?"

"아니 저기."

짝은 굳이 한 곳을 가리킨다.

아침에 경비실 앞

푸른 나무가 내게 말을 걸었다
어느새 짙고 무성해진 나무는 푹
흉기처럼 내게 말을 걸었다
어제 오동에선
보라색 구름이 뭉게뭉게 피어올랐다
어디선가 수상한 바람도 슬쩍 밀려왔다
탑에서 내려다보니
그것은 잠시 주위를 머뭇거리다 떠나갔다
탑에 갇힌 라푼젤
라푼젤은
머리카락만 길어 난다 허전한 기도 같은
바람은 흘러갈 뿐이다 한바탕 소란 같은
어제 미처 떠나지 못한
연한 반목의 바람이 나를
쿡 찔렀다
여린 피부 깊숙이 박힌 칼은
아침내 날
뜨겁게 헤집고 다녔다.

불면

건물 모퉁이쯤에서 솟아오르다 기우뚱
어둠 속으로 빠르게 스러지는 저것
저 거뭇한 건 뭘까 까마귀?
교각 위 밤새 켜 둔
노란 가로등 짓무른 불빛 속으로
자동차 행렬
끝없이 이어지고 있다

눈이 왔을까
길 위에 희끗희끗한 것이 깔렸네
눈발인 듯한 희끄무레한 것을 싣고
소리 없이 내닫는 저 냇물
내 어릴 적 저녁 어스름
붉은 해 이고 하늘 덮칠 듯
빙빙 혼 낚아챌 것처럼 울던
까마귀 떼
겨울 들판 잔설 위
사람 말똥말똥 쳐다보기나 하던 거뭇한 그림자

눈이 왔을까 덜컥덜컥
몸에 와 박히는 화살
누더기 같은 새벽
그림자 날아가네.

풍경

가으내 냇물은
교각 아래로 스며들듯 스며들듯
흔적을 남기고 물 위엔
온전히 벗은 나무들 마른 핏줄
헐벗은 육신에 와 부딪치는 바람소리 이제
희미한 기쁨의 노래 들으려 하나니
그대였구나
차갑고 마른 물에 엎드려 들리지 않는
소리 들으려 하는 자 윤간당한
나의 날 심상히 흐르는 교각 위로 나는
슬쩍 눈만 줬을 뿐
어둡고 깊은 피의 소리 들으려
마른 실핏줄 헤집는 그대
깊은 숨을 들이쉬며 갈대밭을 지나는 바람
흰 눈을 치켜뜬 눈발이 날린다 되돌아보면
기억은 사라지고 그대
모습마저 사라져 버리고 얼어붙은
풀의 낯빛 사방이 고요하다 지금

차오르고 있는 것은 망각하는 자의 기쁨이다

눈발은 점점 거세져 간다.

3부

⋮

다정히 새소리 듣기

다정히 새소리 듣기

저기
어두운 새벽
은발의 여인이 힘겹게
산길 오르고 있네
그보다 오백 년 앞선 새벽
땀에 젖은 검은
머리칼 쓸어 올리며 어린
여인 뒤따르고 있네

백발의 여인과
어린 그녀가 조심스레
산정 멀리 퍼지는
햇새 울음
귀 기울여 듣는
봄날 아침

문수네

읍내 동양극장에서 영사기사를 하던
머리가 희끗한 문수아버지는
몸이 약해 보이는
통 말이 없는 사람이었다.
아버지를 빼닮은 서글프고 찡그린 얼굴에
머리를 민 작은 문수는
우리가 삔치기, 땅따먹기를 하다 돌아보기라도 하면
그새 그늘 모퉁이를 돌아가고 있었다.
문수네
문을 열 때마다 돌쩌귀 소리 요란한
남의 집 문간채에서 살았던 문수네
컴컴한 부엌에서는 소여물 냄새 같은
싱건지 무를 넣어 끓이는 된장국 냄새가
구수하게 풍겨 왔다.
까만 머리에 앞가르마
뒤통수에 머리를 동그랗게 여민 문수엄마는
앞뒤짱구에 볼살이 통통하고
웃음이 흔한 튼튼하고 젊은 아줌마였다.

까만 포대기를 두른 문수엄마 등에는 언제나
아기가 자고 있었다.
무슨 큰 잔치가 있어 강원도 어딘가
본남편에서 난 아들을 보러 간다는 문수엄마는
돌아와서도 별말이 없었다.
문수한테 그렇게 큰 형이 있다는 것이 신기했고
무엇보다도 나는
문수엄마가 포대기에 받쳐
그 아이를 업고 갔는지 어쨌는지
그것이 제일 궁금했다.

은빛 갑옷의 노래 부르는 남자

_과천 현대미술관 잔디밭엔 함석 느낌의 로봇이 있다.
먼 하늘을 바라보는 로봇의 입에서는 부드럽고
낮은 노랫소리가 간헐적으로 흘러나온다.

그때 깡통남자는 노래 부르기 시작했다

고모네 식구를 따라 꽃구경을 갔다
아직 벚꽃은 피지 않았다
치매 안사돈을 부축하는 형부
미처 웃지를 못한다
구릿빛 낯이 긴장하고 있다
투병 중인 고모를 모시는 동생
가벼운 웃음에도 주름이 깊게 팬다

그때 깡통남자는 노래 부르기 시작했다

이렇게 걸어도 괜찮으시냐고 묻자
아니 아니 아니 괜찮아요
노인은 새처럼 드높이 노래한다

그녀의 희고 높은 이마 사려 깊은 눈은
단아했었다
우리 안, 자칼은
던져 놓은 닭고기에 무관심하다
언니는 냄새나는 동물원보다
식물원이 좋고
인상파 그림이 좋다
선인장에 꽃이 피었다
아련한 빛은 아름답다
아직은 추운 나무 그늘 아래서 우리는
허겁지겁 밥을 먹었다
울안 자칼의 눈빛처럼 무심히
무언가에 골똘히 사로잡힌 채

그때 먼 곳에서 깡통남자가 노래 부르기 시작했다
단조롭고 나직한 모음으로
끝없는 봄을.

딸기 잼 한 병 - 고모를 추억하며

잘 익은 딸기를 솥에 넣고
그녀와 내가 주물주물 철떡철떡
만지작거려 불에 올렸다
딸기는 알았다는 듯 뒤척이며
뽕뽕거리고 키들거리며
제 몸을 기꺼이 줄여 가는 내내
맛 좋은 향기를 내뿜는 것이었다
다 된 딸기 잼을 잘 말린 유리병에 담아 두고
궁금할 때마다 그녀와 내가
번갈아 한 수저씩 입에 넣으며
'참 잘된 딸기 잼이다'
저저금 생각하였다

그녀가 떠나고 없는 지금
뒤 베란다 구석에 먼지를 쓰고
무척이나 심심한 듯 쓸쓸한 낯빛의
딸기 잼을 가져와
얼굴을 닦아 준다

좀 덜 달아야 제맛이 난다며
만들어 놓은 딸기 잼에는
그녀와 나의 침이 섞여 피워 냈을지 모를
곰팡이가 한창이다

깃털 같은 미루나무를 뒤로
장자처럼 머리를 동여맨 노인은
나귀에 올라 길 떠날 채비를 하고
촌로는 동자 머리통 같은 배추가 실린
수레를 밀고 있다
겹겹의 산이 물결처럼 흐르고
가장 먼 쪽은 운무로 휩싸여 있는데

그녀와 내가 딸기 잼을 떠먹으며
희희낙락하던 날을
곰팡이는 한 폭의 수묵화로
피워 올리고 있다.

조우

잔칫집 다녀오신 할머니
소매 끝에서
꽁꽁 동여맨 손수건 끄집어내니
꼬막 두 개, 천 털이 묻어 윤기 잃은
약과 한 개

세상 끝자락
낡은 물결
햇살에 찰랑거리고

나 지금
어린 손주 만나고 있네.

조용한 집

유서 깊은 집
오래된 벽지 같은
그녀와 함께했어요
풀기가 다해
미미한 바람에 들썩이는 벽지처럼
귤을 까 손에 쥐어 드리면
그때사 입에 넣어 보고
손을 잡으면 차가운 손
그때사 옴지락거리고
고기에 음식
기쁘게 맛나게 드시누나
햇빛은 깊숙하고
다소 급한 물살에
어두운 물풀
다소곳이 흐르고 있네.

할매네 뒤꼍

할매네 뒤꼍
바람길
솔밭 거쳐 두엄깡 지린내
오래오래
바람 타고 오네
내 혓바닥 숨 죽은
슴슴한 고춧잎나물
무슨 맛인지 몰라
오래오래 부는 바람

쓸쓸한 맛 하나
겨우 당도했네
할매네 서늘하고 컴컴한 헛간에
스물넷 청상
죽도록 심심한 어린 과부
햇볕 쨍쨍한 장광
파장에 박아 놓은 고춧잎 맛

남광주시장

어머니 입원한 전대병원 병실 방충망에 서서
고가도로 지나갈 뿐 아직은 가라앉아 있는
예전 남광주역사를 내려다본다
지금 저만치 응급실 옥상에 내려앉는
찰나의 헬리콥터를 바라보고 있는데
이제 남광주역사엔 기차가 오지 않는다
광주 비엔날레 폐선 활용 부지로 남아 있을 뿐
파랗고, 연한 푸른빛 양철지붕이 꼬막처럼 엎드려
오고 가는 바람 보내고 맞아들이기나 하는 11월의 역사
한 사 분의 일 정도 머리 밀어 주차장 들이고
이미 이 분의 일은 화타운
까딱까딱 밤 열 시나 열한 시 술 취한 사람들이
희미하게 고갯짓하며 남광주시장을 빠져나오는 순간
나 또한 그 포인트에 서서 끄덕끄덕 고갯짓하고 있다.
그녀나 나나 피차의 묵인 아래 어떤 사원에서 치러 낸
치열한 정사, 그 격한 정사의 한 점 오물 같은 흔적
남광주시장
유리문을 닫으면 좀 선명해지는 풍경이지만

유리문을 열면 방충망 덧창에 눈썹 걸려
그림은 흐릿하게 파닥거린다.
"어머니! 눈이 흐려지시면 전 더 어두워져 아무것에도
입질할 수 없어요. 어머니!"

시간 여행

황야에서 돌아온 그녀 손엔
시든 풀꽃 한 줌
먼지 낀 신발엔
빗방울로 얼룩진 자국
먼 산이 투영한 나무 그림자인 듯, 그녀는
거뭇하게 서 있었어요
마지막 붉은 해가 사위를 덥히는데
슬그머니 떠나온 품에
이제야 당도한 듯
그리움에 젖어
붉게 물들어 있었어요.

4부

⋮

눈이 오네

어미산

부드러운 모래고 흙이고
한곳에 부어 봐라
흘러내린다
무거운 돌 구르다 멈춘
너덜겅 너머
산허리를 돌아가 봐라
바위산 있다
진달래, 산딸, 자귀
눈 오는 날 동백도
그 산 의지해 피어난다
숨은 바위 없이
산이라 할 수 있으리
깎아지른 암벽 없이
절경이라 할 수 있으리
거기에
소나무 몇 그루 키우고
새 한 마리 앉혀 놓지 않은
명산 봤느냐.

삶이 시작되던, 그
새벽

아직 컴컴한 숲에
새 한 마리, 또 한 마리
툭툭 떨어진다
아, 아무래도 어쩔 수 없는 것들
동이 터 오는 창, 바람이 빚는 소음
적당히 식은 나뭇가지에
자꾸 부리를 문질러 댄다
어둔 새벽
다가오는 것에 귀 기울이며
가슴 죄는 설레임으로
문을 두드리듯
어두운 숲을 자꾸 들여다봤다.

산사에서

장지문 밖
짙어 가는 풀빛 같은
풀벌레의 눈빛 같은
먹빛 가사
깁고 기워
몇 번이고 갈무리하는
가난한 마음 안에
이제야 드는구나
후회하는 마음도 따라와
웅크려 앉아
가만히 들여다보는 도마 위엔
상처만 보이더니
칼질하는 욕망만 보이더니
마른 차반 위에
이제사 맑은 차 고이고
간간이 목 축이며 울다 가는 새
눈길 서러운 땅
바람인 듯 서서

귀 기울이는 한 사람.

– 산사의 젊은 스님은 잘 마른 감나무 헌 도마를 차반으로 쓰셨다.

어떤 날 나는 한쪽 눈으로

오동은
유태인의 촛대처럼 포물선을 이루는
자신의 가지 위에 보랏빛 초를 가득 켜 놓고
새 한두 마리를 앉히고 싶어 한다.

숲은
자신의 품 안으로 새를 받아들이고 또
내놓기도 하면서
종일 푸른 하늘을 울리고
되돌아오는 그것들의 낭랑한 울음소리를 듣거나
때로는 바람소리 같은 희미한 부스럭거림 혹은
아주 그만둔 침묵에 귀를 기울인다.

옅은 연기가 낀 듯한 뿌연 산협
비 오기 전 바뀌는 빛과 수런거리는 대기처럼
아주 짙거나 혹은 연하거나 한 푸른 나뭇잎들이
일제히 까불거리며 흰빛을 뿜어 댈 때
새들은 쏜살같이 솟구치거나 곤두박질치며

빛의 파도 속을 헤엄쳐 간다
어떤 날 나는 한쪽 눈으로
이것들을 지그시 엿보며…

초혼의 노래

산 가득한 안개
밀려오는 뻐꾸기 소리
얼마 만인가 이 잊혀진 소리는
산허리를 돌고 돌아 찾아든
청춘의 덫이여
끊긴 시간
골짜기를 휘감던 세찬 바람 잦아들어
봄눈을 틔우는 지금
까마득히 잊고 있었지, 아직
몇 마당의 소리 남았음을 일깨우는
저리 청정한
이승의 문 두드리는 소리.
한때
격정에 떠밀려 간 넋이여
그대 혼 잠재울 한마당의 시간 속으로
서둘러 오라.

둔덕엔

둔덕엔
노란 애기똥풀꽃 똥 쌌네
섬섬한 모시옷 같은
바람에 사르륵 사르륵거리는
자전거 바큇살
그새 냇물은
술독에 고인 이슬처럼 말개졌네
애기야
수풀엔 후끈한 네 입의 단내
나는 무엇이 두려워
햇살 아래 도사린 무엇이 두려워
그만 눈만 캄캄해졌다
그 둔덕 위
플라타너스 까불까불까불
먼 하늘가에 소란스러울 때
풀섶엔 들리는 듯 마는 듯
낮고 위험한 네 웃음소리.

불갑산 상사화

불갑산 상사화
딸깍발이 상사화는
물처럼 사는 내게
꿈 값 받으러 왔습니다.

물가에 흐드러져
멀건 햇빛 잔바람에
혼을 씻는 억새 보고
아니 아니 그게 아니 도리 짓더니

하릴없이 쌓아 보는
잔돌멩이 탑
목발 짚은 상사화
그런 날 보고
기우뚱 웃습니다그려

이파리 만나는 야문 꿈 덕에
꽃 지면 잎 돋아 올 테지요만

이런저런 꿈 하나 건지지 못한 나
하나도 이쁘잖은 상사화 보고
공연히 공연히 눈 흘깁니다.

바다 - 아브라함의 독백

수많은 날
아찔하게 했던 것은
이 찔레꽃의 향기였을까?
물끄러미 지켜보는 까만 눈동자도
정녕 두렵지 않아
영문 모르는 어린것과
아지랑이 가득한 먼 하늘
솟구쳐 오르는 새들의 유영
그리하여 아브라함이 사르는
어느 날 오후의 향기를
내려뜨린 눈꺼풀 위
반듯한 이마의 유순함으로 받으소서

고단한 늙은이여
잠시 멈춰
아른거리는 신기루
푸른 나무 그늘 드리운 샘터쯤
팔락거리며 목 축이는 새 떼를

지켜보고 가게.

마실

이 너르고 끝 간 데 없는 무논에 쪼그려 앉아

피어오르는 물안개나 휘저어 보다가

새도록 접힌 허리 펴고 신작로 위로 올라섰어라

맨발로 사운사운 엷은 안개를 밟고

모 이삭 스치는 바람에 귀 기울이노라면

별만 새록새록 돋아나는 검푸른 하늘엔

희뿌연 강물만 흐르고

밤 마실 마치고 돌아가는 길 위엔

부겐베리아 꽃잎만 무리져 내리고

후두둑후두둑 내리고

다시 돌아가 뼈 위에 머무는

잠시간 바람이나 되어 돌아가

천년 동안 낮닭이 우는 왕국엔

벼만 끝없이 익어 가는 소리

내 잠시 외출 갔다 벗어 놓은

고운 꽃치마.

– 크메르루주에 살해당한 영혼을 모신

절에 들렀다. 쌓아 놓은 수백 개의 뼈 위엔

죽은 자의 꽃무늬 치마가 놓여 있었다.

나비

흐린 창문에 부딪혀 나비가 파닥거린다
지금 창밖엔 노란 은행잎이
축복처럼 쌓이고 있을 게다
돌이켜 보면 이 길을
무수한 날들이 지나갔다
어느 귀퉁이에서건 생명의 함성은 드높았고
모든 여름은 진지했다 이제 곧
길고 검은 그림자는 길모퉁이로 급히 사라지고
거리에선 불안한
발자국 소리들이 들려올 게다
뒤늦은 패랭이꽃 사이로 11월의
차가운 바람이 불어오고 어둠의
심연에서 튀어나온 듯
나비는 끝없이 회색 날갯짓을 하고 있다.

초대

수많은 별이 뜨고
많은 달이 졌다
비는 거의 그치고 있는 중이다
담벼락은 이미 축축하고
절정의 붉은 장미는 수심이 깊다
오랫동안 발걸음은 걷다 멈출 듯
망설이다 다시 이어지곤 했다
그해 여름이
지겨워 죽겠다는 표정을 짓고 있었듯이
모든 여름의 표정 역시
다소 가식적일 테지만
지나치게 빨리 소모되어 버리는 것은
풍요가 아니겠는가?
지금 길은 열려 있고
나는 골목 저 끝까지
걸어가 버릴 수 있을 것 같다.

회귀

겨울 차건 바람 부는데
벽과 벽 사이 해 비치는 곳
그새 피었을까?
민들레 홀씨 하나
좌탈 하고 있다
살아서 며칠간
기억을 더듬는 듯
자맥질하는 끝없는 바람
문득 떠오르네
방금 떠나온
냉랭하고 따스한 저
대기 속으로
민들레 홀씨 떠가네.

나는 너다

가만히 읊조린다
나는 너다, 있다면
차갑고 투명한 가을 하늘의 무감
자다 깨 맞닥뜨린 푸른 하늘, 한 장의 공포
동공이 열린 숨막힘과
죄여 오는 가슴
그리고 발밑에서 바스락거리며 밟히던 낙엽

보고 있는 철제 셔터가
소각장 입구라는 걸 알아채지 못한 채
뜻 없이 바라만 보던
너는 나다, 그리고
한 시간째 너는
정신 나간 듯 울다 말다
나는 네 얼굴에 실린
나의 고통과 무감각을
오래도록 지켜보았다.

12월

_대체 이건 무슨 의미가 있을까?
밤 고양이처럼 나타나
흔적 없이 사라져야 했나?

지금 분수대엔
푸른 하늘과 흘러가는 구름
목 축이는 새 주둥이가 찍어 내는 파문
12월의 가라앉은 대기 속
오랜만에 맛보는 휴식
그렇다
나무도 서 있는 자신이
물 위에 흔들리고 있는 걸
지켜보고 있다
모두 한 몸으로 고요를 묵상하고 있다
이 절멸한 휴식에 잠겨
정적의 환영을 즐기고 싶을 뿐
방해받고 싶지 않은 것이다
우린 자신 속으로 너무 깊이 들어와
입구가 어딘지 알 수 없는

계절에 당도해 있다
지금 죽음의 계절
12월을 관통하고 있는 것이다.

눈이 오네

민들레 솜털이 날리네
가볍게
심상하게
어디에 내리더라도
내 얼굴에 듣는 물기처럼
그렇게 허무하게
흔적도 남기지 말고
스며들어 버리렴.

벚꽃

천변 따라 길게
어둠에 잠겨
희끄무레한 벚나무들
줄지어 있네

널 보렴
낼이면 흩어질
널 보렴

밝은 날보다 더
환하디 환하게 빛날
네 기쁨 덩어리

널 보렴.

5부

:

나마스떼

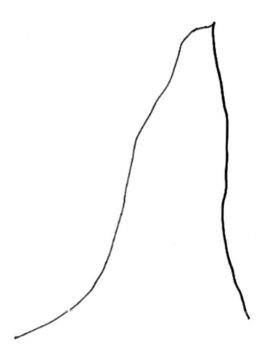

자유

내 삶의 의미는 자유

내가 히말라야 연봉을 오를 때
그가 내게 요구하는 건,
나.

낙엽

앙상하게 도드라진 잎맥
히말라야 숲
수종이 다른데도
밟고 있는 건 흔한 낙엽
마른 잎을 하나씩 들여다보지만, 저건
언젠가 본 듯한 낙엽과
다르지 않다

나는 기억 속의 낙엽을 밟고
귀에 익숙한
낙엽 밟는 소리를 듣고 있다

아! 우리는 얼마나 재빨리
자기가 아는 것에
빠져들고 마는가!

야생화

해발 2500~2600m,
차가운 향을 드리우는 서향
그 밑
무구하고 무른 앵초
호기심 혹은
싸늘한 공기의 은밀한 들썩임

신학기 환경미화로 술렁이는
쌀랑한 복도
교실에서 밀려나 신발장에 얹혀 있던
내가 가져간
값싼 앵초 화분.

해발 2860m 고라파니의 별

전등을 끄자
기다렸다는 듯
넓은 창에
왕밤만 한 별들이 가득 찼다

핸드폰을 오래 열어
별빛을 받고자 했으나
열어 보니 캄캄한 맹탕

심연에 뜬 별을 만나고 싶다면
손에 든
빛을 버릴 것!

셰르파

무거운 짐을 지고
수고한 후,
히말라야 연봉의 가벼움과
정적을 지닌 사람

그의 눈길은 외부를 향하지 않고
침착하고 평화스럽다.

셰르파의 손

다소곳한 손
공손히 양손을 모아
과자, 약간의 돈을 받는다

가슴에
밝고 따순 불을 지피며
부끄럽게 하는
손.

A.B.C의 까마귀

철제 가로대 위
미동도 없는 거뭇한 물체는
저 아랫녘 빙하와
낮은 하늘을 넘나들며
먹잇감을 찾아다니는 모양이다

이 얼어붙은 곳에선
서로에게 도무지 관심조차 없다

어둠 속에서 서식하는 새.

안나푸르나

_고 박영석 대원 추모비가 있는

4130m 안나푸르나 베이스캠프

갇혀 있던 것이 풀려나는 시각일까?
못다 이룬 꿈
고삐 풀려 떠돌아다니는 듯
바람이 몹시 불어
심장이 아려 오는 곳.

히말라야의 쓰레기

흙먼지가 달라붙은 비닐봉지,
캔, 병뚜껑 들
한때, 저들이 상품을 완성했었다

소중한 것들의 기억이
빠르게 소멸되고 있다

아프다!

야외 온천

_해발 1780m 지누단다

만년설이 녹아 흐르는 계곡물은
시리고 힘차다

온천물은 미지근하고
앞산 나무 이파리도
시원찮게 흔들리고 있다
물이 좀 따끈했더라면…

행복은 접촉에서 출발하는 것!

랄리 그라스

내가 힘들 때
곁에 있어 줬던 꽃
히말라야의 영혼
네팔의 국화

랄리 그라스!

빙하

안나푸르나 베이스캠프에서
내려다보니
어림짐작 길게 뻗은
미동 없는
깊이를 알 수 없는 강

얼어붙은 가슴에도
흐르는 길이 있다.

나귀

신의 땅
오르고 내린 모든 길에
그는 똥을 남겼다

좌우 어깨
프로판 가스통 네 개를 싣고
그가 돌계단을 발굽질할 때

곁눈으로 흘낏 보니
긴 속눈썹의 눈이
우수에 차 있다.

시시누

먼지 낀 듯 평범한 풀
고도를 막론하고 히말라야 곳곳
심지어 돌 틈에서도
고개를 쳐드는 풀

예리한 가시에 닿기만 해도
피부가 아리고 부풀어 오른다

하지만
삶아 커리에 넣어 먹는단다
두꺼비 피부처럼 돌기가 선
그녀의 살갗.

만년설 연봉

신의 가벼운 농담

나마스떼!

우리는 왜 시인인가

나태주(시인)

1. 박미경 시인

지난해 광주 한 교육기관 초청으로 문학 강연을 간 일이 있다. 강연을 마치고 초청해 준 기관장의 방에서 사인회를 가졌다. 모두가 중년을 넘긴 중후한 연치의 여성들이었다. 기관장의 여고 동창들이라 했다.

그 여성들 가운데 한 사람이 바로 박미경 씨다. 나이보다 훨씬 젊어 보이는 얼굴, 해사하고 갸름했다. 몸매가 가냘픈 편이었고, 키도 헌칠했다. 전체적으로 기품이 느껴졌다. 그날 박미경 씨는 광주 송정역에서 기차표를 예매하지 못한 나를 위하여 선뜻 기차표를 마련해 주는 친절을 보여 주었다.

그런 뒤로 박미경 씨와 문통文通이 이루어졌다. 이미 오래전부터 시를 써 온 사람이라는 걸 알았다. 그런데 잠시 시 쓰기에 머뭇거리고 있다는 말을 듣기도 했다. 가지고 있는 시 원고를 보내 보라고 말을 했다. 보내온 시 원고를 살피니 이미 한 사람 몫의 시인으로 완성되어 있었다. 그렇지만 과거에 쓴 시를 버리고 다시금 분발하여 시를 써 보라고 권했다.

아마도 내면을 들여다보면서 시를 이루어 보라는 말도 보탰을 것이다. 이러한 나의 주문이 주효했음인가. 박미경 씨는 그동안 히말라야 등반을 하기도 하고 수월찮은 작품을 이룩하여 나한테로 가지고 왔다. 대개 나이가 어린 경우나 시적 이력이 짧은 경우에는 계속해서 시를 써 보라 그러지만, 그렇지 않은 경우는 차라리 시집을 내어 세상의 평가를 묻는 것도 한 방법이기에 시집 출간을 주선하게 되었다.

2. 우리는 왜 시인인가

박미경 씨의 원고를 읽으면서 우리는 왜 시를 쓰는 사람인가에 대하여 또다시 생각을 해 보게 되었다. 정말로 우리는 왜 시를 쓰는가? 아니 써야만 하는가? 인간에게는 누구에게나 자기표현의 욕구가 있다. 시를 쓰는 사람은 처음부터 시가 아닌 다른 것으로는 자기를 표현할 길이 없어서 시를 쓰는 것이다. 하나의 선택이고 한 개체로서 살아남는 방법이겠다.

무엇보다도 먼저 시인은 외부 세계에 대한 찬탄과 사랑 때문에 시를 쓴다. 그것은 시인에게 벅찬 감동으로 다가오고 하나의 생명

에너지로 재생산된다. 혼자만 지니고 있을 수 없는 벅찬 환희와 감동은 기필코 다시금 외부로의 분출을 시도한다. 이러한 요구에 부응하여 시인은 정교한 언어로 내부적 에너지를 표현해 낼 수밖에 없다.

그다음은 외부 세계와 내부 세계의 교감이 시를 쓰게 한다. 외부의 에너지가 내부로 들어오기만 하는 것이 아니라 내부의 에너지가 외부로 나가 외부의 것들과 만나 상호작용하고 대화의 현장을 이룩하기도 한다. 이 단계에 이르면 보다 고급한 시의 세계가 열린다. 이러함에 있어 시인은 또 세상과 은밀하게 교감하는 사람인 것이다.

가장 좋은 단계는 시인 자신의 내면의 목소리에 귀를 기울여 내면 깊은 곳에서부터 울려오는 세미細微한 소리를 들어 그것을 언어로 표현해 내는 단계이다. 이것은 이성이나 과학적 방법으로 통제되지 않는 단계이다. 어쩌면 정신보다도 깊은 곳에서 울려오는 영혼의 음성인지도 모르고 신이 들려주시는 하나의 계시일지도 모른다. 적어도 좋은 시가 되려면 이러한 분위기에서 길어 올린 몇 가닥의 문장이 그 작품 안에 필히 들어 있어야만 한다.

3. 박미경 시인의 시

이러한 입장에서 이제는 박미경 시인의 시를 좀 살펴보기로 하자. 박미경 시인은 초심의 시인이지만 자신의 어법을 분명히 가진 시인이란 점이 먼저 눈에 뜨인다. 어법이란 글자 뜻 그대로 말법이다. 말하는 스타일이고 그 방법이다. 이 어법이 시인의 특성, 스타일을 결정한다. 좋은 시인, 개성 있는 시인이 되려면 무엇보다도 먼저 자신만의 어법을 지녀야 한다.

　내 알았어
　알았으니 그대여
　꽃처럼 피어나라
　피어나 스러진 저 갈빛
　몸 놓아 망연한 갈대
　무성한 푸른 새싹이거나, 그
　깊숙한 곳 조잘거리는
　새 떼거나 했으면
　어제 잠시 맡았던 숨 가쁜
　아카시아 향기거나 했으면.
　—「봄날」전문

　시란 문학형식은 처음부터 조그만 형식이고 그 안에 담는 것도 엄청난 것이 아닌 매우 사소하고 주변에 있는 작은 것, 흔한 것들이다. 이에 사용되는 언어 또한 성큼성큼 큰 걸음이 아니라 아기가 걷는 듯한 아장걸음, 잰걸음이다. 말하자면 스몰스텝인 것이다.

그 안에 인간의 만단정회를 담아내는 것이 시이다. 이러한 안목에서 박미경 시인의 시 작품은 우선 합격점에 이른다.

알았어, 알았다니까. 조곤조곤 뱉어 놓는 시인의 어법은 매우 느슨하면서도 편안하고 고즈넉하다. 그러므로 시의 분위기를 안정적으로 이끄는 데 공헌을 한다. 이러한 능력이 독자들을 시인의 시 세계 안으로 깊숙이 안내하고 끝내 시를 편안하게 읽어 내게 만든다. 이러한 점은 시 쓰는 사람으로서 갖추어야 할 일차적인 기본 능력이고 또 덕성이라 하겠다.

그놈은 어둡고 음울한 눈을 빛내며
시도 때도 없이 희생자를 찾아다닌다
경멸은 그놈의 무기
어두운 숲속에 숨어
희끄무레한 달빛이 상대를 질식시킬 때까지
끈질기게 노려보고 있다
(중략)
도시는 음모의 안개에 휩싸여
주머니 무게를 가늠하는 점원처럼
서로를 고발한다.
—「까만 밍크1 ─ 혐의」부분

매우 민첩하고 감각적인 작품이다. 작품의 내용을 분석적으로 모두 알아낼 필요까지는 없다. 다만 그 느낌을 받는 것만으로도 충분하고 그것이 오히려 시 감상의 정도正道일 것이다. 아마도 시인이 백화점 나들이에 나섰던가 보다. 백화점 휘황찬란한 진열대에 나와 있는 밍크로 만들어진 옷을 보았던 모양이다. 보았어도 오래 노려보듯이 보았던 모양이다.

거기에서 나온 감흥이 바로 위에 옮겨진 시 작품이겠다. 언어가 섬세하고 대상을 바라보는 시인의 시선이 날카롭다. 범상하게 바라보는 눈초리가 아니라 노려보는 눈길이다. 그런 눈길이기에 사물 너머의 사물을 보아 내고 또 거기서 오는 감흥을 끌어낼 수 있었을 것이다. 시인은 이러한 언어들을 통해 인간의 속악성을 고발하고 도시인의 탐욕을 조소하고 싶어 한다.

그에게서 엽서가 왔다
한 우주에서
또 다른 우주로 날아든 소식
인주를 만졌을까?
한쪽 끝
붉은 지문이 희미하다.
—「사월」 전문

소품이지만 완벽에 가까운 작품이고 울림 또한 오래가는 작품이다. 이러한 작품 앞에서 우리는 무슨 장광설을 늘어놓을까? 다만 가슴이 먹먹할 뿐이고 눈앞이 아물아물 그럴 뿐이다. 저 인연의 아득함. 저 사랑의 지극함. 그것이 '붉은 지문'으로 나타났구나. 그것을 또 시인은 읽어 냈구나. 그렇지. 우리는 제각기 하나씩의 우주. 우주로서의 생명체. 아름다워라 사랑의 정채精彩여. 결국은 그것이 시로서 남는구나!

　　빈산 어둠에 묻혀
　　꽃만 질 테지
　　무정한 젊은 그대의 노래
　　낭랑히 울려 퍼지다
　　몸 풀어 몸 풀어
　　꽃잎만 그렇게 날릴 테지
　　—「꽃만 질 테지」부분

　무심한 듯 투덜대듯 이어지는 시의 문장은 차라리 허허롭고 막막하지만 그것은 또 의외로 우리에게로 돌아와 위로를 주는 부메랑이 된다. '무정한 젊은 그대의 노래/ 낭랑히 울려 퍼지다/ 몸 풀어 몸 풀어/ 꽃잎만 그렇게 날릴 테지.' 이러한 시 구절에서 만나는 위로는 무심한 것 같으면서도 만만치 않은 것이고 찬란한 그 무엇이다. 또한 내밀한 것들을 우리에게 선물하곤 한다 하겠다. 이런 시를 통해서 볼 때 박미경 시인은 타고난 노래꾼이라 할 것이다.

  잘 익은 딸기를 손에 넣고
  그녀와 내가 주물주물 철떡철떡
  만지작거려 불에 올렸다
  딸기는 알았다는 듯 뒤척이며
  뽕뽕거리며 키들거리며
  제 몸을 기꺼이 줄여 가는 내내
  맛 좋은 향기를 내뿜는 것이었다
  다 된 딸기 잼을 잘 말린 유리병에 담아 두고
  궁금할 때마다 그녀와 내가
  번갈아 한 수저씩 입에 넣으며
  '참 잘된 딸기 잼이다'
  저저금 생각하였다
  (중략)
  그녀와 내가 딸기 잼을 떠먹으며
  희희낙락하던 날을
  곰팡이는 한 폭의 수묵화로
  피워 올리고 있다.
  ―「딸기 잼 한 병―고모를 추억하며」부분

서정抒情이 아닌 서사敍事다. 그렇지만 서정이다. 이야기가 들어 있으므로 필경 시의 기럭지가 늘어남은 자연스러운 모습일 터이다. 한 편의 단편소설을 읽는 느낌이랄까. 이런 시도 있구나. 나에게는 한 감탄이 되기도 한다.

여성 특유의 감성과 감각이 번득인다. 이미 세상을 버린 육친인 '고모'일까. 그와 함께한 일들을 회상하면서 그와 함께했던 날들의 유산인 딸기 잼을 앞에 두고 시인이 만들어 내는 상상은 매우 몽환적이고 신비하다. 그렇지만 그것은 끝내 우리에게 잔잔한 페이소스를 안겨 주기도 한다.

위의 작품은 박미경 시인의 시인적 개성과 능력을 가장 잘 드러낸 작품이다. 이러한 계열의 작품으로는「문수네」,「조우」,「다정히 새소리 듣기」,「조용한 집」,「시간 여행」등 여러 편이 눈에 뜨인다. 앞으로 박미경 시인은 이러한 쪽의 장점을 잘 살려 시업을 계속해 나간다면 분명히 특색 있는 시인, 독자들에게 환영받는 시인이 될 것이다.

무거운 짐을 지고
수고한 후,
히말라야 연봉의 가벼움과
정적을 지닌 사람

그의 눈길은 외부를 향하지 않고
침착하고 평화스럽다.
—「셰르파」 전문

다소곳한 손
공손히 양손을 모아
과자, 약간의 돈을 받는다

가슴에
밝고 따순 불을 지피며
부끄럽게 하는
손.
—「셰르파의 손」 전문

   시인은 히말라야에 다녀왔다고 한다. 몇 년 동안을 망설여야만
결행하게 된다는 히말라야 산행을 시인은 고작 며칠 고민하고 나
서 선뜻 결행했노라 그런다. 놀라운 일이다. 그런 용기가 어디서
나왔을까? 아마도 시적인 목마름과 내면의 안 보이는 영혼의 욕
구가 그렇게 시인을 이끌었을지도 모르는 일이다.
   시집 후반부에는 히말라야 산행 중에 얻은 여러 편의 작품이 수
록되어 있다. 그 가운데서 골라낸 작품이 위의 두 작품인데 짧고

간결하지만 히말라야의 특성을 잘 나타낸 작품이란 생각이 든다.

하지만 여타 작품들은 바쁜 여행 중 스쳐 지나면서 보고 느낀 소감을 가볍게 스케치풍으로 나타낸 작품들이다. 좀 더 여유가 있었다면, 그 깊고 높고 엄중한 땅에서 보다 더 깊은 내면의 소리를 길어 올리는 시를 만났더라면 얼마나 좋았을까?

하지만 이제라도 늦지 않았다고 생각한다. 시란 것은 바로 그 풍경과 현상과 경험 앞에서 나오는 것이 아니라 그것들을 떠나 한동안 묵혀 둔 가운데 나오는 것임을 알기에 그렇다. 그러므로 이제부터가 시인에게 기대하는 대목이다. 박미경 시인은 이제부터 자신의 시와 만나야 한다. 보다 깊은 시와 만나야 한다.

'나마스떼(Namaste)! 내 안의 신이 그대 안의 신에게 인사합니다. 나는 빛의 존재인 당신을 존중합니다. 우리는 모두 하나입니다.' 나마스떼 안에 숨어 있는 시들을 캐내어 우리 앞에 보여 주어야 한다. 이것이 오늘날 우리가 즐거운 마음으로 박미경 시인에게 드리는 축복이자 새로운 미션인 것이다.